广西师范大学出版社
·桂林·

著

方物美术

徐 敏

江西九江人，中国作家协会会员。在国家、省级诸多文学期刊发表大量文学作品。诗作获多种奖项，入编各类选本。著有诗集《等你同行》。

序　言

梁　平

写诗在很多人那里，曾经都是梦，但并不是每个人都必须要去写诗。然而，诗意在我们每个人的生活里却是无处不在，或者说是每个生命不可或缺的。这个"诗意"不是具体时间和空间里的物事，而是一种迷离的感受，一种挥之不去的萦绕，一种只有自己能指认并且不可替代的惦记。所以我们认定，生活不是你活过的样子，而是你记忆的样子。

徐敏直言自己不是一个想做诗人的人。他多种职业转场留下的样子是自己喜欢的模样，那是抽象出来与众不同的"诗意"——"只是想/抽出体内的丝，织成锦/掩饰一下世间的苍白/或者，直接把丝煮透/编成柔韧的鞭子/打恶人的七寸"。至今我未曾与徐敏有过谋面，但是从这几句诗里我能够看到，徐敏写诗不是"为赋新词强说愁"，不是为写诗而写诗，而是在生命旅途上经历太多的五颜六色以后"有话要说"，这里有态度，有方向，有做人的底线和原则。比起那些热衷于在诗歌里堆砌风花雪月，或者跟风逐浪的"诗人"来说，我更偏爱徐敏这样的态度和方向，这是诗歌的正道。

徐敏的诗，几乎看不到无病呻吟，每一首诗都是来自内心的自由流淌。这种流淌，有时是可爱的质朴，"想帮他换双鞋，近不了身/追着跑/他当成游戏，笑得更欢//满屋的喧闹把整个单元楼/从周末的寂静中唤醒"（《万物美好》）；有时又是幽微的亲近，"盯着那群少男少女看/我的眼睛移不开/请别误会，不是贪恋美色//知道我有多后悔吗/像他们这个年纪，我竟然/盼着长大"（《请别误会那老去的目光》）；有时又在自然物事里勾勒出鲜活，"谁还在意那些礼仪。自外/而归的少女，打着赤脚/裤管沾满了泥水/一脸喜悦，喊着告诉家人：/燕子回来了"（《燕归来》）。

我们不难发现，亲情、爱情的凝重和炽热，在徐敏的生活里泛滥成最强烈的诗意。《雪花白，炉火红》中写爷爷喝酒，"爷爷拿出自酿的糯米酒/斟到杯中，饮起来/一碟咸萝卜，脆脆生香/有时他也会怂恿我来一口/全不管我呛嘴"，画面、情趣油然而生；《下磨》中写爷爷劳作，"爷爷不停地推磨，我也要/不停地下磨，一勺一勺/直至把山搬完。时光漫长/挥之不去"。爷爷在徐敏诗歌里是很重要的角色，而这个角色，已经不只是亲情的牵挂，更有对生命的敬畏和仰望。这本诗集里，作者几乎用诗记载了爷爷的一生。"马灯摆到桌上，空室/如你在。在等来下一个/夜晚之后，马灯/摆到你桌上，亦是满室光辉"，这个意象的提炼，貌似简单，从某种意义上触碰了人心最柔软的部分，令人动容。徐敏的爱情诗很少，没有山盟海誓，没有轰轰烈烈，其清澈的品质独好。比如《雪花飞》，"你应该在想我，我正/想着你呢/门外的雪一直飞/白茫茫一片。天已晚/夜还亮着//屋内炉火烧得旺/红彤彤的，映出窗外/你来我这儿吧/路还没有全封住/雪地仍有归人，仍有/形单的野兔"，这些诗句自然得就像一个人在和另一个人说话，娓娓道来，有暖意沁人心脾。

"世事从不孤独，我也有/自己的因果，不必追问得失/得到的从来不足挂齿/而失去的总让人悔之不及"。大多时候，诗是徐敏自省、自我观照的镜子。他知道他自己一直在路上，这样的行走不是独行，而是努力将自己融入天地的辽阔，与历史、自然、社会和世界同在，他要追求的是，面向更广阔的自然之境寻找认同：

我已走了很久，徒步连起
遥远的山水，我是一个行者
不能停下我的脚步
当我停下的时候，我的心
走得更加急迫

昨夜的雨已停，晾在坑洼里
秋天在衰草中摇摆不定
摇得没有血色，所有的风
都知时节，它只告诉脸
芦絮将我变成一支离弦的箭
急于奔向靶心，一阵雨追赶着
另一阵雨，落到河流里
哀鸣的寒蜇对泥土有

百般依恋

——《行者》

当然，徐敏没有满足于这种飘逸的样貌，在《从前离别重》中，把现在和过去相比，以轻描淡写切开了人们当下的实相，"现在的离别，全不是/过去的模样。世界/已没有了远方"，"天空蓝得挂不住一些/飘来的闲云，四野青翠/河水用手捧起来喝//我们三三两两，聚在村头/游戏老套得没了新意/可以用来打发时光"，他也确信，正是这些没有时间感的日子，成为他一生的滋养，成为眷念。

人的复杂是要面对很多你无法面对、无法言说的境遇，诗歌处理此类即时性是一种考验。徐敏没有回避和躲闪，比如《还是该留点余地》里，"说过许多次/去年说时，很认真/今年说时，很小心//现在我一直犹疑不定/该怎样再说""我最后的结论是算了/不再说/给自己留些余地"。类似的还有《俗话》，几乎都是自己困惑的独白，而这样的困惑常常纠缠得让人无所适从，徐敏轻车熟路，内化于心，几乎原生态将自己的困惑和盘端出，不加任何修饰，不刻意遣词造句，却赢得了意外的收获，那是隐忍的力量和清醒的智慧。说与不说，实则正是现实和诗歌的一种拉锯。如果朝向其纵深处，那正是我们所期待的合二为一的理想世界。诗人们怎么能不关注现实呢？在徐敏那里，繁华炫目的背后，那些天不亮出门的老环卫工、蹲守路边一整天的卖菜大娘、街角疲惫的收摊女人、午夜逡巡垃圾桶前的老人都可以入诗，我以为他的这种"不合时宜"，正是对这种拉锯的平衡，是诗人良知的一种体现。

诗人怎么写、写什么一直是需要解决的问题，而每一种解决的方法都与诗人观察世界的态度、方法有关，与诗人的修为有关。徐敏所走之路是值得肯定和嘉许的，我期待在这一条路上看见徐敏更多更好的作品，看见他朝着更高更远的方向尽情地奔跑和飞翔。

是为序。

2023 年 5 月 5 日于成都

真诚而脱俗，朴素而灵犀

——读徐敏诗集《万物美好》

李 犁

　　徐敏是一个灵慧的诗人，总能把庸常的事物灵化，使枯萎的长出嫩芽，死寂的有了呼吸。所以诗人总是比常人更敏锐，哪怕游丝般的一点颤动，也能让他们情如井喷，并从中预感到万物的莅临和命运的结局。比如我读徐敏这首《燕归来》，就感觉有一股活水从心头流过，并把一抹新绿按进去。而且它把我带入其中，仿佛真的看见了燕子在屋檐上叽叽喳喳，在心上蹦来蹦去。诗有了视觉感，有了气息和音容，更让读者参与到春天的忙碌中。诗使生活显灵，生活让诗如亲人，诗与生活的界限拆除了，满心都是春天的鲜活。

　　有如此效果，得益于徐敏写诗的语气，也就是口吻。他常常使用的反问和祈使句避免了平铺直叙，让诗歌有了起伏，有了现场的氛围，并透出一种神情，看看这首诗的开头："算不算有些无礼呢，招呼/也没打一个，一来就/聚在人家屋檐下，吵闹着/整修去年的旧巢"，看似是责怪，其实是喜悦。像母亲对孩子满心欢喜，嘴上却说：这孩子这么淘气呢。语气在这里成了修辞，深化活化了诗的意境，让字里行间充溢着盎然的情趣和生鲜的生活气息："谁还在意那些礼仪。自外/而归的少女，打着赤脚/裤管沾满了泥水/一脸喜悦，喊着告诉家人：/燕子回来了"。

"谁还在意那些礼仪"，是对诗第一句"算不算有些无礼呢"的回应和解答，说明当春风浩浩荡荡开来的时候，桃林泛红，"河川里白茫茫一片，水田/没了边界"，包括燕子不请自来又喧宾夺主，都是大自然无私的给予和自由、大自在，所以所谓的礼仪和规范根本不值一提。结尾白描少女的喜悦就是人们对春天的态度，也让诗有了动态和神态，有了生动的细节和奔涌的浪尖。

而归根结底，就是徐敏将写诗改成也是还原为"说"诗。说，就有语调和语感，语态显露心态，并带出诗的场域和气氛。同时看似说的是事与物，其实表达是心情和观点。所以读徐敏的诗，感觉叙述中总是有一个人的形象若隐若现，或喜悦或惆怅，或凝眉沉思，或一声长叹。说明他写的是自然万物，表达和要确立的是人的形象、位置和立场。也就是他要为人的心灵找到一个合适的安置点，让灵魂得以舒展和自由。于是诗学变成了人学，诗的同时也在深刻地思。他的诗因而有了两个方向，一个是向上，让诗轻如薄翼，带着心灵飞进理想和美，代表着意境；一个是向下，让思重如钻机，带着追索深入真相和真理，代表了意义。当然对徐敏来说，他写诗并不是这样简单的二元论，而且他只是凭着感觉让点燃的灵感自动蔓延，将内心的积水倾倒出来。一切都是无意识的，意境、意义都是在自然的倾诉中自动生成的。有时意义与意境还互融和兼容。但通过阅读我们发现，当诗人与自然相遇，他就会感到万物美好，很容易让心情飞扬，自然而然将灵魂融进秀景中，景物被情化，心灵又被景物纯化，诗因而有了感人的细节和优美的意境。

比如前面举例那首《燕归来》就是自然提升心境，心境又诗化自然的灵境之诗。而在那些写人际和社会关系的诗中，思考和探究人性成为徐敏诗歌的主题，表情严肃，情感深沉，要将生活和人生切开，看看里面到底是啥。这就是诗歌现象学，是意义之诗。比如这首《我还是庆幸这些偶然》写的是因为红灯和没有上另一部电梯，遇见了诗中的关键人物"某人"。因而引出当年在春风微雨中相遇的"你"。但诗人没在"我"与"你"的关系上铺排笔墨，而是将重点放在探究巧合是人生的必然性上，通过自己的经历说出一个真理，那就是偶然和巧合才是决定命运的根本。诗显然在探索生命之谜，有了思的重量和哲学的意义。最能体现这种特质的是《偏安一隅》，这组诗都是诗人生活中遇到的人和事，一声叹息中有对生命和人生的深度思忖，并从中抒出哲思和普世之光。比如这首《进退之间》："多少年，我们孜孜以求/欣喜于日积跬步，以至千里/纵有难以承受之重，也要/力挽逆水之舟。我们/在进与退之间挣扎//其实，进与退/方向而已/这世界被装饰得色彩斑斓/所有事物被眼睛焐热/然后便有了指向。我们不能/指鹿为马，但谁又不是/以马为马"。

诗人省略了经历的具体人和事，包括情感的起伏，直接写抽象出的经验和道理，"进与退都是方向而已"看似议论，但其中独特的发现，让熟悉的事物有了陌生感。而最后对指鹿为马与指马为马的洞见，更是让人有一种思维被点亮的豁然开朗之感。这就是理性被诗化，将深刻的模糊的思亲近到我们身边和心里，当然这些被我们感知的抽象之思有诗人经历的无数有笑有泪的经验，以及灵觉之光的照耀做奠基。更重要的还是诗人道出这些道理时的语气：简捷直率中的不屈不忿，谦逊又自傲，耿耿于怀又看透一切的态度，让这些词有了血肉和温度，所以他才能瞬间悟出，我们也能立马领悟。这就是作者与读者之间共同完成的妙悟——向妙处去悟，也悟化出意料之外的美妙。

徐敏更多的诗既有意境又有意义。比如《行者》《沿河看柳》《我们都没有做该做的事》，尤其《栀子花洒落一地》和《雪花白，炉火红》这类写母亲、外祖母以及写爷爷的诗，景物与人物互相照耀，互相衬托，互相呼唤。让人的命运在自然的时空中得以更刻骨和更丰饶地展示。而且不论是凄苦还是温暖都笼罩在美感之中，让我们在领悟生命意义的同时，被诗意纯化，深深地陶醉并颔首。具体以这首《草垛》为例："一个草垛是孤独的，两个/也是。散落在旷野/草垛都是孤独的/秋风在收割后的稻田里呼喊/除了草垛，它找不到旧识/而草垛不应/草垛的孤独早已注定，经历/春种夏长之后，到秋收/垂首把金色稻穗献出/它没有话要说了/赞美归仓/现在，就这样等到深冬来临/再被拆散取走/各取所需，为穷人取暖/作牛的食料，或者引火烧身/化成灰烬给稻田增肥"。

为了文章精练，我试图想删减几句，但没法把它们折断，它们像感性与理性、诗与思织就的一个整体，少几行就等于缺胳膊少腿了。而且表意上是递进关系，情绪上有起承转合，先是写看见草垛的印象，然后写草垛的价值，最后让草垛的精神上升，虚化也是进化成一种广阔时空中的境界和仰望。景与情、诗与思、意义与意境都统一在诗人的主观叙述之中。

徐敏心中是有块垒的，他要通过写诗来稀释和化解它。当然这块垒并非是个人的愁怨，而是诗人常有的"杞人忧天"，即为别人操心和用心，希望美好永恒。同时诗人的敏感又让他总是感到理想与现实的距离，诗人为此无法释怀。于是他要用诗来抒发，不是宣泄，而是去呼唤，在化解块垒的同时，让理想去美化和唤醒人心。同样的原因，诗人在纯美的自然面前总是不能自禁，看似在抒情，其实是要把看见的美景像美酒一样饮进肚子里，让自然的真纯与壮美净化、阔化心灵。

这一出一进说明徐敏的诗是走心的，他用情感濡染万物，同时又让万物在心灵上显形。诗在他心中就是一湖圣水，他写诗就是洗濯，让心灵还原本来也是最初的真诚而脱俗，朴素而灵犀。

目　录

第二章　岁月含香

第三章　天地在心

第四章　红尘故事

第五章　意犹未尽

第一章

阳光灿烂

燕归来

算不算有些无礼呢，招呼
也没打一个，一来就
聚在人家屋檐下，吵闹着
整修去年的旧巢

叽叽喳喳的声音唤来春风
唤来绿意。远处的桃林
被唤得泛了红

河川里白茫茫一片，水田
没了边界，燕子像一艘艘船
飞来飞去衔走新泥

谁还在意那些礼仪。自外
而归的少女，打着赤脚
裤管沾满了泥水
一脸喜悦，喊着告诉家人：
燕子回来了

星夜良辰

微微的风不时吹

星光洒了一地

世界寂静

只有花的香仍在飘荡

不肯歇息

夏夜已凉透

我们靠得更近

沿河看柳

爱春天的只有河流，把最后
一块冰吐出来，水流
变得欢畅，清凛有声

爱春天的还有河边的柳，隐忍了
一个季节，终于开始活动手脚
伸展起还未调匀的清新

爱春天的也有河边柳下的
泥土，松软湿润得泛出地气
丢颗种子就会发芽，包括
丢颗希望的种子

我当然不会恨春天。必不可少
它要带走些什么，我已
逐年支付

每一次的春风扬柳，有每一次的
含义，爱和幸福都会
以一种生生不息的方式呈现

今日小雪

我从没在小雪节气里
看过下雪，就像
立春过后，天气仍然寒冷
仍然脱不下厚重的棉衣
看不到春暖花开
世间很多事都要等待
名称用于呼唤

还是希望能下一场雪
哪怕只有一些
星星点点的晶体也好
不能让城市洁白，总可以
改变一下天空的阴沉

远处的山正在移近
移到窗外，移到
胸口。炉火昏暗地烧着
因为没有雪映，我昏暗地想着
因为你没有来。较真
真的是一件无趣的事
纷乱的世界从来没有尽头

试着放松自己

试着认真想你

小雪之后是大雪

如果你愿意，就陪我等

等到一场让世界明亮的雪

接　春

门窗打开，让风吹进来
虽然仍是寒冷，仍是
有些刺面，但已完全不同
此起彼伏的爆竹声，正
急着证实：这是春风

山头的雪一圈圈缩小，看得出
他们的去意。河水冰封被解
就要远行。地面的绿
柔嫩得难以分辨，遥远处
可以感知涌动的新意

欣喜自是不言而喻
满世界都在忙乎：
接春
多么美好的事
听着都那么生机盎然

可是，事到如今
我们是不是该想想，岁月
给了我们多少蒙蔽

一年又一年，为了这
满目的花开，有多少付出
我们用什么接春？

我们不比草木
草木
永生
而我们，一去不回

雪花飞

你应该在想我，我正
想着你呢
门外的雪一直飞
白茫茫一片。天已晚
夜还亮着

屋内炉火烧得旺
红彤彤的，映出窗外
你来我这儿吧
路还没有全封住
雪地仍有归人，仍有
形单的野兔

拍落你围脖上的雪花
把脱下的棉衣挂好
向炉火而坐。握住手
感知雪夜的温度
茶滋滋地冒着热气
喝一口，暖到心底

就这样任雪花飞落

与大地同静谧

明早雪停

我们就出门

径直往路口，寻溪桥边

最先发的那株梅

打听春的消息

相见欢

溪水奔流到河湾处，一头撞向
青石，溅起水花清凛有声
平原的绿，无边
风呼啸而来，草叶齐声欢唱

三月桃花有十里红艳
打开蝶衣缤纷
树下落英扑簌回声
枝繁叶茂错乱了矜持
哪一朵花是我锦绣华裳

那一刻的光照简简无言
穿透了心。难以停歇的血液
奔腾着沧海之舟。你真的
低下了炯炯眉眼
读我的荒草苍凉么？
干涸的桑田有风吹清曲
音符飘动都是前世的甘霖

想象不出你的转身，是怎样
落寞，地面堆满枯叶

胡同里是风的哭泣
我站在世界尽头

又一次穿心光照。看清结局
不必你我来写，早已隐于
熏风之中。分明听见歌唱
啊，阳光就这样铺洒
蝶儿就这样纷飞
世间繁花都去往春天
春天哪，你要驻得更长更长

我还是庆幸这些偶然

因为红灯，我只能看着
前面那群人走远，站在路口
等另一群人
因为没有上另一台电梯，
意外地见到了某个人，有了
一番对话

每一天，除了巧合
我想象不出有什么必然

这一生也是，比如那年
我们相遇。春天里微风细雨
本就有许多遐想，而你
偏又要独立迷雾满园的花间
沾衣欲湿

很庆幸这些偶然都在，让我
没有错过现在，没有
错过你
路仍在走，明天又要来临
我也用不着再去算计

要对自己说一声：

万事勿匆匆

月亮升起在江面

月亮升起来，站在这
水向东流的江岸，我拥有
一整条江的古往今来

江水从不带走石块的棱角
江涛拍岸，更比白昼
沉闷

已过小满，江河当然该
满起来，风也不再颠来倒去
找准了自己的方向
风把我当成亲人

我也是月光的亲人，月光的
亲人不只我一个。它照过
多少人，最初照何人
是个发千古幽思的问题

世事从不孤独，我也有
自己的因果，不必追问得失
得到的从来不足挂齿

而失去的总让人悔之不及

还是要想一想，这样的月夜
有没有人，偶尔还会
惦念自己
请把我嵌成一框风景：
夏夜，明月，流水
天地渺然，千古一瞬

春风度

到底要用多久
半世光阴还不行吗
要走多少路
我一直在风雨兼程，不曾停步
要多少积蓄
背上的行囊已空，没有半分节余

一路寻觅，只为等你出现
几多花好月圆，冬夏寒暑
燕来了，眼见又走
河水冰封，又流
道旁的树已枝繁叶茂
年轮一圈又一圈

守在空山入口，等风
四面来吹
会有不一样的气息
你的身影从未见过，却
不会错过。临近
难以自持的心跳。我知道
你来了，真真切切

可是，你能为我停留吗
我已一无所有
只满腔深情，一世执着
够不够？
缘分不是春风，不会来了又走
风铃晃动
心底就有声响，久久回荡

你的心事

假如那晚的星光仍在天空闪烁
你还是那样站在星空之下
不说话，我会靠近一些拥住你
现在，我知道你的心事

午夜清凉如水
你把披身上的外衣还给我
你不是想还给我，你是想
我给你再披上

低头行走，一路走到那个
走了百遍的巷口，我试着道别
你说的那个好字有些生硬

你的心事其实星光一样简洁
我却要到现在明了
当我再次仰望星空，那些
闪闪烁烁的星光，已难分辨
是否如前

初　恋

草叶泛着油光，花儿含苞
风把纸鸢吹到天上
许许多多的秘密
多一人保管

等候，成为最重要的事
你来得断断续续
早春的气候也是
反反复复
原因需要猜
猜不出时天色阴郁

心思其实很简洁
用一盏灯，牵引着彼此
照亮全部

当灯移去，春天早已过去
新麦也灌满了浆汁
桃李不言

果实分成两半

一本眼墨，一本优你

没有一瓢清泉在

风土，有了住后余生

行　者

沿着河堤一路蜿蜒曲折
我没有丝毫歇下来的想法
多次打听，都说你就在
前面的某个渡口，收芦秆的车
停在那里。空中有芦絮飘飞
我确信不疑

我已走了很久，徒步连起
遥远的山水，我是一个行者
不能停下我的脚步
当我停下的时候，我的心
走得更加急迫

昨夜的雨已停，晾在坑洼里
秋天在衰草中摇摆不定
摇得没有血色，所有的风
都知时节，它只告诉脸
芦絮将我变成一支离弦的箭
急于奔向靶心，一阵雨追赶着
另一阵雨，落到河流里
哀鸣的寒蛩对泥土有

百般依恋

忽又情怯，这样算得上
一个行者吗，未免简便了些吧
眼前这条河流淌千年
为谁停留过，月亮就要升起来
照见过代代人

一场相见，需要积聚多少缘分
而缘分总少不了生死、轮回和蹉跎
何其幸运，我就要
停止行走了，在芦花深处
做一个隐者

安静地

我用过很多词来形容你
美丽，清秀，端庄，大方
对你而言，这些词
都适用，但算不上贴切

你是一株花满枝头的树
阳光下伫立，没有风吹摇摆
安静地散发着清香

你话语轻缓平和，安静地
呼出气息。不说话就
安静地坐在一旁

你来见我，安静地等候在
路灯下，微风轻吹你的裙裾

记得一次我误算时间
你没有离开。你安静地
告诉我等了很久

"安静地"，有什么比这个词

更贴切吗？因为你
云儿轻飘，风儿轻吹
花静静地绽放。世界全在
安静之中

现在，我也是安静地想你
安静地，想一些旧事

雨一直下

细细的雨一直下，到现在
也没停。窗外的世界
早已湿透

人行道上的树一声不吭
一些叶子沾住另一些叶子
让雨水顺着落下来

像是某个人，让雨水
顺着发梢
落下来

我不能确定那是你，我能
确定，那年离去
你倔强地走进雨中，没有
撑开一把伞

雨一直下，淋湿了世界
淋湿了心事

望 月

此刻，我就站在这
清辉之下，望月

月亮是一面
照见世间万物的玉镜

一定能照见
隔着山水的你

冬天，我们在山巅

让人惊喜，想不到那片
枯黄的衰草中，还有
细碎的野花，叫不出名
在寒风中摆动。冬日的山巅
平添了许多生机

柔弱的生命，竟然顽强如此
你感动得不知所措
我被你感动

摘下它，还是留它在旷野
真的犯难。寒夜霜重
雨雪也会随之而来

终于还是摘下了。你说
带它回去，保管到
来年春天

从前离别重

世界越来越小，没有了
远方，用不着离别
前一刻还在饭局欢笑
突然就要先行一步
赶飞机，去北方
想找一人而百寻不应
却被告知刚从西方归来
正倒时差

想那从前，出门不是一件
容易的事，早早准备，
行李物品样样收好。离别
总是让人无助。记得
那年相送，天没亮你就来了
寂静无人的街，走了一程
又一程，说再见却又走
终于走到车站
汽车开动，你在窗弦边
小跑，急促说保重
很远了，我们仍在挥手

现在的离别，全不是
过去的模样。世界
已没有了远方

元 夕

不会有人在意元夕的月亮
无论它怎样清亮
地面上到处都在张灯结彩
灯火阑珊，光影流连
谁会望月呢

满目的彤红还在，又要
极尽铺张，让整个夜
喧嚣闹腾起来
还要庆贺什么吗，谁没有
满心的失落和留恋
繁华止于今夜
明早一切归于平常
你也该走了

当街道空落，灯火也要
渐次隐于身后。月亮
挂在天空，与尔后并无区别
一样的安静。繁华无碍
清冷无碍
我们赋予元夕太多的寓意

初夏到暮秋的花园

第一次目圆图

在人间

只有茶，知道人间的冷暖
遗憾的是，这么多年
我们不喝茶，都是把酒言欢
先干为敬，不醉不休
多少话淹在酒中

喧嚣的人世愈来愈甚，江湖
割据尚存的静好。花儿
不顾时节地热烈，光影炫目
潦草的心迹让所有的日子
放纵，忘记霜降
只有我还在怀念一早起床
步行大半天到上祠堂
坐轮船进城不敢说一句乡音

我们终要坐下来，在某个
无言的夜晚。室外
雪花纷飞，室内炉火彤红
壶架炉上，沸水翻腾
泛起来的热气，融不去
头上的霜雪

桃花汛

桃花开的时候，河川里的水
就满了，白茫茫一片
鳜鱼跃起来，落到水田

铁匠铺里的学徒，打铁
是把好手，捕起鱼来也不赖
一柄钢叉十拿九稳

眨眼就捕满了篮子，他挑出
最肥的一条，扯把水草
系住鱼嘴。太阳刚好升起来

一群收早工的姑娘经过
他提起鱼，迎面走向
梳长辫子的那位
姑娘们惊笑而散

师傅端着烟棒在门前抽烟
师娘经过，师傅说：
哑巴长心了

生日快乐

如果没有这句话，今天与昨天
没有什么不同
我也不会一早在洗漱室里
对着镜子把脸擦了又擦
左看右看脸上的气色，皮肤
还有多少光泽
太阳已经升起来了，阳光
照进窗台。这很重要
天气好，心情好

生日快乐！这句话今天
肯定会反复说起，我也会
反复听到
去年是这么说的，今年
还这么说
我也不去分辨它们有什么不同
去年，今年，恍惚就是
一瞬间的事

诗满园

阳光甚好。爱人在院子里
整理她的菜园。已是
谷雨时节，万物茁壮
院子里也是

爱人很明了这节气的奥妙
总是不失时机地变换着
菜园的景致。撒籽的时候
泥土一畦一畦排好，光鲜得
不像是泥土。菜秧冒出来
像是冒出许多希望。等菜长起
绿绿的都是旺盛的样子

从院外经过的人都要停下来
观看一番，啧啧称赞
菜园种成了花园

我去院里不多，都是站在
窗前看热闹。爱人满头汗水时
我曾很多次劝她别太卖劲
后来我不劝了

其实我心里很清楚，没有用
就像我自己，夜深人静时
独坐书房是一样的

我在书房把字排在纸上
纸上诗意涌动
爱人在院里，把菜种到泥土
然后，满院生机

星期天，阳台上的下午茶

玻璃封闭的阳台，可以俯瞰
街景。半下午的光线
仍然充足，满目都是明亮
心情也一样

沸水沏的茶溢出香气
啜一口，神清气爽
一本书在手中，随意翻动
放下又拿起

午睡是自然醒来，慵懒地起床
宽松的便服显得从容
光脚不穿鞋，走得
无拘无束

很享受这种清闲。只是
有多少真实却让人
恍惚莫辨。如此浮躁的人间
还能气定神闲？

爱人就蹲在门边，替我细细地

擦皮鞋，又顺便擦了我的
真皮公事包
那两物件摆在门边，主要是
方便早晨出门不致匆忙

还是看出来了，虚幻只在
片刻间，喝完这下午茶
明天又是星期一

幸福一早开始

镜前灯亮着，盆里的水温热
毛巾一半在水里，一半
搭在盆沿，挤上牙膏的牙刷
架在杯口上

客厅有轻缓的音乐，爱人
正摆弄着早餐的碗碟

原来幸福一早就开始了

万物美好

一下车，他就挣脱牵他的手
欢笑着向单元楼奔跑
童声清亮地跳动
一下子跳到了门前

是冲着进来的，拦也拦不住
一扭身，欢笑
就在屋内

想帮他换双鞋，近不了身
追着跑
他当成游戏，笑得更欢

满屋的喧闹把整个单元楼
从周末的寂静中唤醒

阳光灿烂

抱起她，向上高举
惹得她咯咯欢笑

像一棵春天的树，绽开繁花
阳光下灿烂

请别误会那老去的目光

盯着那群少男少女看
我的眼睛移不开
请别误会，不是贪恋美色

知道我有多后悔吗
像他们这个年纪，我竟然
盼着长大

我们都只有平淡的来历

那时候的乡村，时光慷慨
日子像是食过草料、
卧于地头的牛，自顾反刍
被驱赶也要不紧不慢
吼声悠长

村落很享受那种悄无声息
趴在坡头上，懒得弄出动静
趴久了，就喘口气
吐一阵炊烟

天空蓝得挂不住一些
飘来的闲云，四野青翠
河水用手捧起来喝

我们三三两两，聚在村头
游戏老套得没了新意
可以用来打发时光

烦恼属于课堂。老师总是
眼光犀利，抽查作业定能找出

贪玩过头的人。听写生字
要靠踢前排同学屁股

日子是一艘摇晃的船。
十一年后，摇到了洋气的县城
我的乡音无处安放

离开时，爷爷把我的小木箱
放到自行车的后架上，系紧
跨上车的那一刻，泪水
不争气地掉下来

我说不出这些平淡得不能
再平淡的时光，给了我什么
但我确信，我的一生被它滋养
那些舒卷的云，自在的风
已入膏肓

一段岸花芬芳的江

挂天上的那轮月，照过古人
月下花林里香霭飘了千年
船就泊在江面。有琵琶声隐约弹起
着青衫的司马还没来吗
等你为修茸一新的亭子，题名

不远江头的那座楼上，
供茶供酒听曲，看千帆竞发
胖墩墩的黑面汉子酒已醺
摇摇晃晃，写了一首
豪气冲天的诗。让梁山不安宁

往赤壁去的船计程该回了
只是那把火一直不肯熄
惹得点将台里今人述古，掰手指
数千古风流人物。喝云雾茶
空中弥漫南山菊香

一段岸花芬芳的江
从历史深处走来，奔流不息

第二章

我还是愿意虚度时光

你看
我就像一个阔少那样任性
早晨阳光倾泻，仆人一般
等候在我的床前，我用一条
蒙面的被单与他周旋
他抵不过我的挥霍无度

无所事事地出门
一条街走到底，想不起
该找哪一个玩伴
店铺里的歌寂寞无力

夜灯一盏一盏地熄去，弄口
那段路，需要蹑手蹑脚
淋浴房的流水唤醒了
楼下的咳嗽声。光着膀子
打通宵游戏，偶尔
冲动地写一封发不出去的情书

我生而富有，有大把时光
虚度得执迷不悟

可是，你看
情形大不相同了。日子
变得紧巴起来，眼见就要
穷困潦倒

想想富有真好，挥霍无罪
我还是愿意虚度时光

事情不会简单到只有结果

我曾与一位虔诚的朝拜者
擦肩而过，他目光低垂
一身尘土沧桑。每走三步
跪倒一拜，九步之后
实实地磕一个头。招式
满满当当，机械一般
不肯有半分省略

沿途变得庄重起来，可以
感受到天空之下神祇的存在

我不知他从哪里来，隐约
可知他去的地方很远
一路向南，那里有座灵山
有求必应

他的身影终于隐于暮色。一颗
受到冲击的心迟迟不能释怀
不虚此行是个祝福
我帮他计算返程，算来算去
真的是遥遥无期

此后的日子我常有意无意地
望向路口。我再没有见到
那个虔诚的人

如愿了吧？问题就此萦绕
当然没有答案

其实，追寻答案那只是
一个少年浅浅的情怀。当岁月
沦陷于情世，我已明白
没有事情会简单到只有结果
因由更加深沉
菩萨畏因，凡夫畏果

秋分之夜，我在盘算着收获

这应是最沉甸的一个节气
所有春天生发的夏天长成的
都已结果。这样的夜晚
大地一定安宁得全是虫鸣
可惜城市的高楼容不下吟唱

想想自己，这一生走来
大概就对应着这个时令吧
只是满地的成熟，我却不知
手里攥有多少收获

积下的经验都是老套，还相信
生来平等，阳光必然普照。
志向很远，只仍然很远，
纠结不清到底是做平凡的人
还是不平凡的人。所得的
难说所值，而丢失的却是真好
读书记下的箴言，或许用过
写的诗，夜深人静自己读

做了不少轻率的事，错怪过好人

不再解释。帮我的人都记得
想帮一些人却力不从心
被人骗过，不想计较
但有几人想忘不能。与陌生人
都是好好说话，对爱人
重言重语，顶撞父亲也没觉得
有什么愧疚

以为人生漫长，不在意
耽搁些时日。忽然在电梯里
被人指称爷爷，已知
再无往日邻家大哥

还能有什么选择吗？
秋分之后是寒露，往后霜降
那些未开的花都已收起
不会再开。而我执笔坐于灯下
或许如农人冬种，聊以应对
雪后的春荒

水向东流

一

那时的街道还不宽
行人稀落
像一幅静物画
风悠悠吹，云自顾飘
花在寂静地开

你是一株六月里的荷
青涩含香
轻声地说话，浅浅地笑
你来敲窗，声音
柔软得像是抚慰心灵

路灯下你的样子
平静安详。你的爱也是

二

坐在你的阁楼里，时光

变得毫无意义
除了爱，我不知道还有什么
你靠我肩上
没有说话

窗外院子里有阳光
有花开
有虫飞
没有喧闹。我们听到
彼此的心跳

三

在春天还没到来的时候
我们登上了那座
寒风仍然凛冽的山巅

衰草枯黄丝毫没有
减退你的兴致
你想到春风十里
漫山的绿

崖边的梅已发。寺庙里
木鱼声清亮
山谷空远

山泉像要苏醒，沿冰梢
滴落。你掰断一块冰
水涓涓地流了起来

这是冬天的故事，露出
春天的生机

四

江水平缓。那块圆石
被磨得光滑，容坐两人

夏夜的风如亲人般友爱
殷勤地来来回回
星光洒落，水向东流的声音
叩打着心弦

我无法回答你这一江水
流经了多少年。与你同叹
万物渺小，时光短暂
你看今夜将逝

我还记得当星已稀我们离去时
你的失落。事到如今

不知你是否释然

五

一条路有多长，要走多久
有时还真说不清

其实也就绕湖一圈，走过
无数次。不管阳光明媚
还是微风细雨
当然最好还是雪花纷飞
我们踩着积雪，嚓嚓的声音
让城市更加寂静

最后那次走得最长
一直走，不说话
天微明送你回家，你说好
道别说再见，你说好
好字说得生硬

再见是一个没有准信的话
遥遥无期

六

尘世匆匆，水向东流
我们终将无法拥有
那些心满意足的人
他们还要假装花开不落
岁月含香
一脸幸福

我连一株荷的青涩
也不能留住，只能眼睁睁地
看着她在秋风里枯萎

真爱其实不值一提
我一直坚持忘记
你看你，说走也就走了
头也没回

月亮没有升起来

夕阳就要落下去，红霞
在西边的天上涂抹
越涂越厚。远处的村落
开始模糊，轮廓愈发分明
隔着一片麦田，溪水
沉默地流淌

旷野里的路扭动，想要
缠住些树木、房屋、田园
缠住些暮色中的亮光
风轻柔地吹，想起往日
你轻抚我的脸
繁花还没有落尽，空中的香
多了一些感伤

我们这样走着。应该
说些话，暮色越来越浓了
我们当然还无从知晓
这是我们最后的黄昏，不然
我们就一直走，一直走
走到月亮升起来

月亮没有升起来

我们留下了

一个最后的黄昏

青石巷

一条青石巷在我的眼里静躺
轻缓的脚步响起来
由远而近

那里夏夜宜人，风在巷口
吹来吹去，带来花香
抬头看到满天星光。等候
是一种幸福

当巷口宁静，已是夜凉如水
蹑起的脚步还是惊动了
一些失眠的人。灯光把倩影
映到窗上，离去就有了
满足

如果冬天里有漫天飞舞的雪
青石巷就铺上了白毡
雪落下的声音真的好听
窗半开，帘轻轻地飘
冰天雪地里仍然有
盎然的春意

青石巷的雨也会阴沉地下起来
雨水比泪水畅快
哗哗地流淌，青石如洗
雨过天新，彩虹就挂在天上

青石巷平静而又执着。那些
巷里的时光，巷外的喧嚣
都积成了旧事。梦
有了温度

见信如面

在寒冷的冬夜，读一封
远方来信，无疑
是一件暖到心底的事
室外，风是不是刮得很紧
会不会透进窗来
无关紧要

那一年比往年偏冷
天阴沉沉的，好像
挂记着什么人不能忘怀
我也只能心事重重。能做的
就是等你的来信

往收发室的路昨晚结冰
整天未化，走在上面
嚓嚓有声
信就插在那儿，一股暖意
泛起来。迫不及待地拆开
娟秀的字体映入眼帘：
见信如面
暖流立刻传遍全身。不再

着急了。回到宿舍

细读如长谈。然后

梦是暖的

雪花白，炉火红

我很早知道雨与雪的另一种
不同。雨落在瓦上
顺流而下，再大也不担心
漏进屋里。雪却不同
拐着弯从瓦缝里钻进来
满屋飘洒

爷爷盖那座老屋时，用半料
墙是斗砖，瓦是单层
踩楼也只一半，前敞后铺
他思来想去求证好几天
工匠师傅说不碍，就怕打雪
又说：一年能落几天雪！

这样，后来的日子我记住了
雪的落法。当北风吹起
雪花漫天飞舞，老屋应声附和
从瓦缝里钻进的雪
一半落在地下，一半落在楼上

爷爷在半楼下的一角燃起

炭火，我们围炉而坐
雪花白，炉火红
爷爷拿出自酿的糯米酒
斟到杯中，饮起来
一碟咸萝卜，脆脆生香
有时他也会怂恿我来一口
全不管我呛嘴

灯火可亲

傍晚时分
爷爷取下煤油灯罩
手捂一端向里呵气
灯罩上泛起一层雾水

一根软絮包头的木棒
顶一张草纸，细细擦拭
灯罩晶亮
拧开灯头，加满油
然后，天就黑下来了

爷爷划一根火柴
把灯点亮
屋里的黑暗全退到屋外

那些删繁就简的日子

最后一节课，风开始
刮起来了。校长挨班通知：
有大风寒潮，上午
加一节课，下午不来了
一天拉

回到家，门窗吹得呼啦响
爷爷说：下午不出门
午饭吃晚点，晚上不烧火

吃过饭，收拾停当
爷爷就点上一根纸烟
吸起来，望着窗外自语：
没有早夜

他开始摆弄那台半导体
收音机，等新闻播报之后的
天气预报
听完就把收音机摆到桥台上
顺手撕下一张日历，说：
又过了一天

下　磨

我依然记得小时候下磨。应是
蓄谋好的事，寒冷的冬天
定有一个周末的早晨
极不情愿地被爷爷叫醒

磨凳早已架好，绳子从梁上
吊下，系住磨扒
一旁摆着装满米的木桶。爷爷
推动磨盘，等我下磨

桶里的米堆得很高，像座山
多个桶摆一起就是群山
下磨的勺子小得像针
以针挖山，真是沮丧的事

爷爷不停地推磨，我也要
不停地下磨，一勺一勺
直至把山搬完。时光漫长
挥之不去

现在记起这事已是不同感觉

爷爷不再推磨，而我堆积桶内
成山的光阴，也被一勺一勺
下到磨里，眼看见底

腊月天

腊月天的夜月亮出来不得
一出来，冷得就厉害
没有一些云儿遮挡
月光越发清亮

外祖母一手牵我，一手
握个烘笼。她抬头望月
自言自语，又像是对我说：
"二十一二里，凉月半夜起"
我没有反应。她就用小曲
把这话又哼唱了一遍
她的心情好起来了

先前入夜时分，前屋大舅母
说话给了她脸色。她领我出门
到后屋二舅家。二舅母
陪她说了半夜话
现在回前屋。她的小曲
让这个腊月天的夜，寒意全无

入 冬

北方的风总是趁着暮色
刮过来，呜呜地叫唤
店铺关门，树叶在地上
打着转，追赶行人
入冬了

突然想起早年的故乡，母亲
站在风起的路口，等我
一条绒线围巾裹住头。见面
就扯下来裹住我，她的黑发
在风中飞舞

弟妹都已到家，坐在圆形的
火桶里。母亲端来一盘
冒着热气的水，脚按进去
热乎到心

没有母亲的路口总是落寞
而室内也不再有弟妹的身影
那个有些老套的方法
我还在用，这让我走过

风卷黄叶的街道，到家还能
热乎到心

沉香录

1

做错事，被母亲责打
夜半醒来，母亲正用热毛巾
敷我半边肿胀的脸
母亲自责：手真重！
一滴泪滴到我另半边脸上

2

学校早自习，由我带读
我读一句，全班同学
跟一句。母亲经过
站窗外听。放学时
母亲对我说：真好听！
那天我们全家没有早餐

3

读中学时住校，到星期六

才回家。晚上母亲做饭
用大碗盛给我，碗底多了
一个鸡蛋和一坨猪油
母亲挨着我，不让弟妹靠近

4

弟弟半夜发烧，口渴找水
母亲起床，点着煤油灯
用搪瓷杯架上面烧
水烧开时，天有亮色
弟弟已安稳睡着

5

妹妹年幼，嬉闹时母亲逗她
说：我要死了，以后你跟谁过？
妹妹不知所措，瘪嘴而哭
母亲大笑。外婆从房里走出
以掌击母肩，嗔骂：
鬼打的，乱说话！
不想此事竟然成谶

6

妹妹学大人唱歌，不知母亲
在里屋，一个人有模有样
但词差曲荒
母亲憋了很久，肚子笑痛
才出来。妹妹羞得扑她怀里
不肯抬头，说：赔！赔！
母亲仍笑，连答：赔！赔！

7

端阳节，外婆徒步八里路
送来自家门前的栀子花
母亲喜不自禁，一朵一朵
浸到杯碗之中。满屋清香
母亲蹲到外婆面前，帮她揉脚
外婆的脚裹得很小

8

母亲到国营商店工作，不会
打算盘。村里老会计教她
老会计说，打算盘要些时日

母亲说，我三天后上班
上班第一天，主任夸母亲
没想到你算盘打得这么好

祖上有德

十三岁那年，我染流感
高烧昏睡。送到公社卫生院
医生吊盐水，团团转
三天后自行转醒。出院回到家
爷爷盯着我看，半天
说了一句话：祖上有德

考取大学时，邮递员送来录取
通知书，全村人围着看热闹
爷爷连连作揖。送走乡邻
他自言自语：祖上有德
祖上有德，祖上有德
说了三遍

后来我还在不同场合
听他说过，每次都是虔诚
又掩不住兴奋

我一直觉得这句话寓意深刻
现在，我很希望若干年后
当我也被供奉为祖上时

我的后人能够说

祖上有德

这对我来说是多么动听

喜鹊登枝

一双喜鹊穿行而来，落在
门外的枣树上
叽叽喳喳地跳上跳下，开始
在树枝间筑巢
爷爷像是喜从天降。喜鹊
总让他有好心情，一早听到
喜鹊鸣叫，这一天里
他会反复说起，等着好事发生
现在爷爷就趴在窗口
踮脚观望。他不让我走动
生怕惊飞了鸟儿
爷爷着急鸟儿的进度，
比自己造房还要吃力
鹊巢筑成，喜鹊从此住下了
每天在枝头上叫唤不停
这让爷爷喜不自胜
多年以后，爷爷说起来
坚定地认为，家运是从那时
好起来的

七月半

我们回到老家，黄昏时分
在门前点香、烧纸、放鞭炮
朝远方深揖，与已故亲人
隔空作别

爷爷还活着的时候，他会在
午饭后开始朝路口张望
等我们一个一个出现
人齐时，天色将暮未暮

他递给我一只打火机，示意
可以开始。我们七手八脚
把纸点着，火光红红的
黄昏又亮了一些。这情景
暖心，我莫名感动
爷爷坐一旁看，不作声
苍老的脸孔隔着火苗隐现

现在再点燃火光我已经明白
爷爷是在记想，他已作别的
都有哪些人，又想某年之后

我们与他作别，他会

站在何处

少年无远图——1983

1983 年，出了一款
很时髦的轻便摩托车
产自重庆，叫嘉陵
城里有人在傍晚时分驾它
兜风，十分钟绕一圈
来来回回

哥们让我试了一试。回到家
便一头坐到灯下，思量着
要做一个购车计划。其实是
筹款计划

本月工资将发 50 元，单位
互助金可借 50 元，拉开抽屉
书里夹了五张 10 元
约差 600 元

有铁杆同学四五，筹 200 元
同事不好开口，就算了
亲戚人都不错，三个姑妈
两个姨妈，特别好

争取凑齐 400 元。名字
一个一个写到纸上

早晨起床，搁床头的名单
不知去向。父亲坐在餐桌旁
吃早餐，没动声色
应是计划暴露

池塘边开花的树

女孩坐在桥板上，怜惜地
捞池塘水面上的花

塘边的那棵树亭亭如盖
春来花满枝丫，一团锦簇
十里可见。花事渐了
花瓣雨就艳了半个池塘

女孩一朵一朵地捞起
放入花篮中。为更远的
那朵，桥板歪斜滑入水中
没有再爬起来，水面上
散开一团乌黑的秀发

男孩来时看到遗落塘边的
花篮。他极度悲伤
在树上钉下一块木牌，写上：
落花无情
花开年年。木牌已深嵌树身
经过的少男少女们
总是惊奇。没人告诉他们
木牌上原本有字

归　期

他坐在那张藤椅里，无话
眼睛昏暗地看着门外
藤椅有年份了，许多地方
磨成了褐色，窸窸窣窣
快要散架。像他一样

站起来已经很难，要靠那根拐杖
去门外走走是一件奢侈的事

这个曾经挑一担锅走百里路
不歇晌，没有菜能扒下
两大碗饭的男人，我喊了他
四十六年爷爷。把他喊老了

现在只能看着我们进进出出
看着我们忙里忙外，在他面前
来去如风

有时，他会喘着气问我：
今年民国几多年？
我说，没有民国了

他又自言自语：我是民国十年生人

我知道，他在计算
他的归期

下　跪

有些动作看似简单
但寓意很深，比如下跪

我家乡有风俗，先人去世
抬棺的人，晚辈要跪请

因为先人为大，八个主抬
四个换肩，受跪都心安理得

那年母亲去世，我腰扎草绳
一个个上门

我一跪下，他们都很慌乱
拉起我，搂住头

那年我十五岁，兄妹三人
我是老大

马 灯

只有你一定还记得，在没有
星月的夜晚，一盏
马灯的好

我们共有的那盏马灯，总被你
细细擦净，锃亮的灯罩
让灯火清晰，煤油味道如香

你提灯而来，夜色的山道
有一颗星在移动。举灯
本是照我，我却看得真切
灯火旁笑靥如花

离去你仍提灯，我紧挨
走你身后。灯火照路
也照你的身影，夜亮了一块
心亮了全部

你把马灯递给我，我就
提灯返回。门当然不肯关上
看一豆灯火渐远，渐小

萤火一样消失

马灯摆到桌上，空室
如你在。在等来下一个
夜晚之后，马灯
摆到你桌上，亦是满室光辉

教　导

1

从村口经过，总被
那条恶狗追咬
跑得稍慢就会被咬破裤管

爷爷说：狗咬不能跑
要站立不动，狠一跺脚
它就不敢了

我半信半疑，壮胆
试了一回，果真奏效

2

夜晚大人聊天，说起
有人被美女喊名字
稀里糊涂跟着走，不知所终
听得毛骨悚然

爷爷说：这种事不要怕
喊你不答应，她就
奈何不了你

少时一直记着这话
内心坦然，不怕被妖吃
大了仍有这种感觉

3

乡间常有货郎挑担行走
歇在村头叫卖。村人
势众，买卖难免不公平

爷爷说：肩挑手提都是
靠苦力赚钱，不能
占人家便宜

深以为然。现在
进菜场，爱人就烦我
一张票子递出去
不要找零

4

小时候怕狗怕鬼，还怕
成群的马蜂，想到都会一身
鸡皮疙瘩。钦佩养蜂人
穿行于蜂群中的淡定

爷爷说：碰到马蜂不可
驱赶奔逃，妄动招蜇
安闲可保无事

越大越觉得，不只
说马蜂，就是一条
普世规则

杂　物

每一件留下来的杂物都有
留下来的理由，任怎样
权衡取舍，也难再找一个
抛弃的借口

杂物各有位置，不可错乱
若各安其事，堆积
就是一种静好。可以自知

杂物是音符，连起来
就成了一首歌，一唱才知
歌声竟然一直在心底

杂物自有诉说，除了说起
过往旧事，还有
对旧事的感叹

驻足杂物间，自己也成了
一件杂物，尚不知
应摆放何处

我们都没有做该做的事

飘落湖面的雪花触水无声
冰封的树叶看不到颤动
万物肃立，没有移动的脚步
世界已经窒息

静默是一件危险的事。所有
已料的难料的都要发生，除了
放任，无力破解

不是无话，也不是不想说起
我发誓，只要你开口
哪怕只有一个字，抑或一个
肢体表达，我们就有
绵绵不尽的诉说

只是雪花仍然飘落。终要
亲历你的起身，你的
缓步离去。我当然知道
你正急促地呼吸，迫不及待
等一个挽留

其实早已不是冬天，室外应有
南来的季风，可以闻到
栀子花香

我们都没有做该做的事
那个初夏的夜晚
应该聆听草叶的欢唱

栀子花撒落一地

五月，阳光灿烂
外祖母和母亲坐在堂前
笑语盈盈，拉着话
桌上一只蓝边碗，浸满
栀子花，弥漫清香

母亲钟爱栀子花
做女儿在娘家植了很多树
出嫁后念念不忘
外祖母宠爱女儿，每于
花开时节，来访
一双裹过的小脚，颤巍巍
走八里路，送来一包
用头巾扎好的栀子花
经年一贯

世上事总是缺憾
美妙自古难全
公元 1981 年
一切戛然而止，母亲
先于外祖母去了另一个世界

栀子花依然要开

外祖母如期又来

头巾扎成的包袱还是

先前的模样，只是不见了

那个急于来拆的人。外祖母

搂住三个年幼的孩子

从包袱里掏点心，塞满

他们的口袋

剩下一堆栀子花，黯然神伤

轻语：没人要了

暮色垂。外祖母起身离去

细碎的脚步一直走

拐过很远的那个山坳，无人处

再也忍不住

蹲下身子，失声恸哭

手里的栀子花撒落一地

第三章

天地在心

妄加评判

在四面透风的草屋里听雨
与在干爽的高楼上
听雨，感觉是不同的

着皮袍，烤炭火，临窗
啜一杯热茶，看大雪纷飞
赏心悦目
而行走街头的那些衣单者
正在唉声叹气

我们都是在自己的心境里
看世界。一些人
各取所需，一些人据此
妄加评判

闭 嘴

紧闭双唇是一种非常好的
养神方法，仅次于
紧闭双眼。很想把嘴闭上
到这个时候，我也没有什么
要说的了

在我年轻的时候，都是
快言快语，常被人
赞誉思维敏捷。这让我
有些怀疑，嘴能不能闭好

终于有了个习惯
晚上睡觉，要把一天下来
说的话，细算一遍
糟糕的是，引起了失眠

俗　话

俗话说：言多必失，沉默是金
俗话说：话不说人不知，真理
愈辩愈明
俗话是智慧在时间里的结晶体
正确毋庸置疑
这种相反的表述也一样
不是悖论，是深奥

说与不说确实是件
有难度的事
我的问题倒不在此
到现在这个时候，分寸
大致有些
我的问题是定力不够
沉默的过程，说了
说着说着
沉默了

好好活着

父亲健在，我没有资格
谈生死，好好活着
是唯一的选择

爱人一直看我很重，我的
每一个举动都会牵动
她的喜乐。我活得窝囊
她活得伤心

我也不能太便宜了那个
一直嫉恨我的君子
让我的悲伤、不如意
成为他谈笑风生的佐料

我只能好好活着，我还
没有资格谈死

还是该留一些余地

不是一件难事
说过许多次
去年说时，很认真
今年说时，很小心

现在我一直犹疑不定
该怎样再说
或者，要不要再说
拿起过电话，放下了
起身出门又回了头

我最后的结论是算了
不再说
给自己留些余地

我不能高兴太早

已经明白，不是什么沉稳
只是年岁增加，滞气
在体内郁积

当我还年轻的时候
看一切都是美好
事情还刚开始，就要
为预定的结果而兴奋不已

现在不同了
我不敢把事情想得太美
兴奋是轻率的表现，惊扰
结局。忧郁不安
可得圆满

好事来临，我不露声色
其实是犹疑不定：真的吗
不会变了吧

我把窗打开，让风吹进来
冷的，带雨的那种

我要越醒一下
我们将越过光秃的大街

我的豪气只剩图穷匕见

快意恩仇绝对是一种人生境界
不只是江湖人士如此
谁还不能想象飞身上前
将恶人一招制住
该出手时就出手，是年少
意气风发的梦
若是拍案而起，喊一声
拿下，手到擒来除恶务尽
那才是追逐的狂热
当然也可以平静一些，比如
设一个连环计，一步一步
请君入瓮
事情正趋于平淡，难再有
惬意的招法，豪气
终要用于怀念。我当然
也不会一招不剩，那把
随身的刀还在，可以
寻一卷图，卷进去，然后
将图献出。你仍能听到
金戈裂帛之声

我们都要学会拒绝吗

一种说教有一种改变。看到
学会拒绝时，我已无数次
尝过焦头烂额的滋味
为人出头，却又力所难及
真如醍醐灌顶，原来可以拒绝
古道热肠是一个愿望
从来不是人皆具有

应算得上一个宝典，我已
体会到它的好处，确实
了无挂碍一身轻松

今夜又想起这事，是因为白天
一位久未见面的旧识来访
他没有找到我的门，在停车坪
找到了我的车，就在车前
等候天暮，他那沧桑的脸上
又多了些灰暗
他说真的是无可奈何，在这个
陌生的城市里，再没有人
能够帮他，除了我

我完全感受到了他的虔诚
但我还是再次祭出宝典
——学会拒绝，当然
是最委婉的拒绝
他极度失望，面如灰色
看着我上车离去

应无杜撰，走投无路这种事
小人物谁都会遇到。此时
他该怎样呢，对着家人
长吁短叹，还是独自一人
黑暗里闷头苦思

难道我们不喜欢帮助吗
学会拒绝，要拒绝什么呢
显然不是拒绝自己
可是，当我们都学会了拒绝
那又有谁不被拒绝呢

纷繁的世界人来人往，有几人
能为你驻足停留，城市里
流光溢彩，那是不能停歇的孤寂

试着答应，或许有意想不到的

结果，比如今天

停车坪上，肯定是一次

欢欣鼓舞的告别

不要轻易触碰那些往事

不要轻易触碰那些往事
无论你有多么渴望
都不要

你可以听听音乐，俯身
看一朵花儿绽放，或者出门
坐于夕阳映照的湖畔

当然不会就这么简单脱身
你曾满怀深情地注视着
事情的发生，放任它们美好
不忍释手。比如青春
比如初相见

可是现在，终究不值一提
你已置身事外。人去楼空的
老屋檐下，风铃锈迹斑斑
吹不来清脆的声音
难就难在它们是一柄
来回器，总要不断回旋
当你武功尽失，接住它们

是一种奢望

不要轻易触碰那些往事
即便你困于现实

我本无心

1

惦记那本未看完的小人书
吃过晚饭坐于灯下，顾不得
夏夜的燥热和蚊虫叮咬

邻居大叔一惊一乍，拉过他
正在室外玩得起劲的儿子
指我为训：看看人家！
他儿子不敢作声

我慌忙把小人书塞进书包
拿出课本，端正坐姿

后来大叔见面就夸，我也就
有了一个夜读的好习惯

2

写字比较潦草，作业交上去

总被老师责罚，错字每个
重写一百遍，一笔一画
不得带过

直写得手发酸，心发恨
不解怎会有这么狠的老师

现在看到自己写得一笔好字
作起文章来字词准确
每每感叹，世上竟还有
让人怀念的惩罚

3

领导讲话，我坐第一排
不好开小差，很认真地听
记录写得密密麻麻

散会时，领导从我身边经过
拍了拍我的肩，眼里尽是赞许

后来遇见，领导都与我
打招呼。同事不解
坐我对面的兄弟总打听：
你小子怎么把领导搞定了！

4

上夜校，班上有位女同学
光彩照人。男同学追捧
放学时推着自行车，守在暗处
寻机相送

自觉条件差，没我的事
所以懒得搭理，都是目不斜视

结业那晚，我最后一个离开
她从暗处走出，说：你就
那么傲气？我不知说什么好

班里最后只有我，与她
保持着联系。我们也留下了
许多愉快的回忆

冷眼旁观时我说：世事难料

有些词，用起来不好把握
需要阅历
比如：世事难料

若是落魄之人，这一句
肯定受用
若是那些鲜衣豪宅
炫人以富，或者坐于高台
人前气使之人，不定会
胆战心寒

越来越觉得我会用这个词
冷眼旁观时，用起来
让我很有些底气

这个世界有个原理：物极必反

又一次被人摁在地下擦
却有说不出的快感
不接受安慰，没有愤怒
请别妄自揣测，不是变态
我的心理正常

次数这么多，难道
不该结束了吗，有什么能
恒久不变？一些人已经
得意了很久，接下来
就是忘形

我没有太深的修炼，没看过
水滴石穿，但绳锯木断
确有其事

看过开得最艳的花，终难
红过百日，那一轮满月
总在最盛的时候，一亏再亏

不用质疑那些沉淀下来的

规律，没什么道理。

所有的事都逃不过事物的发展规律

那些不相干的事

每天，有多少不相干的事
比如现在，大雪节气
坐在这靠南的阳台晒太阳
闭目就是了，却又
无端追想，怎么没下雪
怎么时至今日天气还不冷
其实不相干

当然会记起许多人事，过去的
现在的。那些最易激活的
都是塞心的。某人是不是草包
求证多年，难有答案
上位了，总要趾高气扬
与你不相干

读书少让他有钱，善钻营
让他得宠，有什么相干

许多事，说起来真的不相干
这世界从没有纷繁复杂
都是作茧自缚

想想远方，想想好人
还有我爱的人和爱我的人
想想流云和惬意。在这大雪
节气里闲坐，温暖的阳光
与我相干

我不是刻意要不合时宜

这城市如此喧嚣，不舍昼夜地
流光溢彩，是要掩饰些
什么吧。繁华炫目的背后
有没有一些事，让我们
视而不见

比如，天不亮出门的老环卫工
在凌晨的寒风里，扫起
积了一夜的碎叶。雨落下来
他把连衣的帽子翻到头上

比如，蹲守在路边一整天的
卖菜大娘，箩筐里的菜
还有大半。她纠结地盘算
是挑担起身赶末班轮渡，还是
等下一个主顾

还有华灯初上街角边疲惫的
收摊女人，她无力地搬动用具
坐一旁的幼儿已经睡着
歪着头，半截馒头垂在手里

还有午夜时分垃圾桶前
逡巡的老人，他的半个身子
趴在桶上，窸窣有声

我不是刻意要不合时宜
我只是有些哀伤。我的心
是一只掰开的蚌，柔软惨白
不想让一粒沙渗进来

一只旧表

搁床头柜里的那只表
总有十多年了，暗淡无光

早先一直戴在手上，坏了零件
不走，就取下来搁那儿

有了手机，表也懒得修
弃之又不舍

每次整理物件，颠来倒去
还是搁那儿合适

突然想起来，没有了嘀嗒声
时间应该溜不走

还真没错。拉开抽屉
指针还停在那一刻

多么美妙的事，恍恍惚惚
留住了时间

现在我很想复制一下当年
让自己成为一只表

把发条松了，让指针停下
然后，被搁到一边

在仿古街

夹道而建的房，一色宋式
形成一条仿古街

两边都是店铺。有酒肆
还有飘着香气的茶楼

妇人倚门而立，着古装
揽客的声音温情艳丽

突然觉得，是在徽宗年间
自己是西门大官人

不禁抬头望向楼上。窗户开着
但没有见到掉下一根竹竿

回　家

华灯初上，小区门口的保安
默契地完成了交接班
下班的那位，拾起岗亭外
一捆扎好的纸板。这是他
当保安一天额外的收获
他很满意，提在手里看了又看
像是一份带给家人的礼物

这个时候，他的家人应在等他
妻子、年幼的儿子，或许
还有一个女儿
像许多温馨的家庭一样
他们将要，热切地迎上来
接过他手里的物品。幼儿们
还要新奇地翻看

我不知道他的家人看到他
带回的礼物，是怎样的情形
他们会失望吗，还是
像他一样心满意足

作茧自缚

置身于一筐桑叶之中
窸窸窣窣地把自己喂大
然后作茧自缚
这是一条蚕的快乐

别以为我们与蚕有多大不同
除了桑叶，我们确实有
更多的美食，还有物欲财富
繁华荣耀。我们为此
不停地奔忙
在作茧自缚上，我们与蚕
没有不同

孤　独

我整夜在想，到底是
做个狠人，还是做个善人

当然不能千夫所指，被说
冷酷、自私
心狠、手辣。即便被说
不近人情、难打交道
也不好接受
每有这样的说辞，我对照
庆幸那不是我

内心还是想做一个善人
被夸赞有情有义，好说话
不计较

又担心，好说话
别人不跟你好好说话
不计较，别人跟你计较

我想得如此无助，陷入
孤独之中

暮 春

突然就视而不见，路边的
那些花儿，不再是一群
热情的女主人，任你
往来经过，懒得一声招呼

当初何等热烈，一条路
亮了，舒卷的云亮了
走过来，脸也亮了

暗淡是一种心思。还有什么
可以用怜惜来挽留吗？
世界飞逝。想这一生
也一样，也就这么一次
花开，又花谢

秋意浓

该怎样叙说秋天，秋高气爽
还是落木萧萧。世间
所有的事物都一样，满是矛盾

阳光慷慨地铺洒
寒凉却要与日俱增
田间的作物颗粒归仓
大地空旷，深沉

荷叶正在秋风中枯萎，廊道
垂首无语，湖心里鸟儿
仍然叫声热闹，飞来飞去
是不是也有些恐慌

或许鸟儿并无恐慌，这只是
一个会意，我的心
脆弱而又敏感

没有人知道，我是怎样地感伤
那些无法叙说的事物
总是无声无息地将我缠绕

关于雪

当第一次在雪夜的炉边
听到屋后咔嚓的声响
那时的我，还不能理解
一朵雪花之轻，可以压住枝头
把粗壮的枝干扭曲、折断
顶着风雪到实地求证，然后
似是而非地懂了，这世上
没有什么可以被轻视到
忽略不计

我们当然可以感知一朵雪花的
瑟瑟发抖。孤身飘零的瞬间
殁于掌心，融于湖水
可当它漫天飞起，有一种力量
就要铺天盖地
迷蒙中，寻路的不只是
形单的野兔，还有日暮苍山
风雪归人
一夜雪霁。河山素裹
大地无声，世界隐于冬季

站在这春风的草地

就一棵小草而言，它的
无足轻重，总让人视而不见

可当春风来临，泥土变得
松软湿润，它们不约而同地
探出头，泛起绿光
然后，一闪眼就迅疾地跑远
悄然无声，却又势不可当
尤其在这风口之地
尽显霸道之气，河堤岸边
原野山头，成了它们的领地

一棵小草，任由踩在脚下
飘零成泥
漫山遍地的青草，春风浩荡
大地生机。换了人间

省己录

1

志向被过度激发，半生走完
仍然远大。所以墓志铭是：
一个志向难酬的人

2

到底是做一个平凡的人，还是
做一个不平凡的人，不是
纠结不清，是互为退路

3

信奉与人为善的准则，却不具
诸恶不作的实力。无须抱怨
人善被人欺

4

做力所难及的事不加推辞
是自卑患者的变异症状
别再说热心肠

5

费力求证某人是不是小人
说明你在幻想，这个世界
还有君子

6

还在津津有味地提起那些
曾经帮过的人，你这是
自寻烦恼

7

谦恭有礼是有对象的
分不清，你就别怪
处处受到小人的排挤

8

谁不希望生来平等、阳光普照
说说也就算了，时至今日
你竟然还要与人理论

9

被人骗过无数次，没能怎样
爱人一句前后不搭的话
你却要横头犟颈

10

炫耀当年，那还用说吗
你已放弃了当下

11

以为自己见多识广，终于
败给了一个高手，他懂，
装不懂

12

听到说欢迎批评
竟然傻到不知，他正在
等你的恭维

13

不愿恭维闭嘴就是，却又
开口宣扬，你这是要
把恭维留给自己

14

被小人找上门来，争辩的
结果还用说吗。小人
是有心计的

15

不要标榜不喜欢奉承
看看自己身边，有几个
说话不客气的人

16

抱怨小人卑鄙，那是你不懂
他的乐趣，想想少时
抽人楼梯多么得意

17

竟然还指望人家来夸你
也不想想，你都把他
嫌成什么样了

18

那些丢失的，都是最好的
握在手头上的，却
不知所值

19

错怪过好人，不怎么在意
知道好人，他也
不怎么在意

偏安一隅

进退之间

多少年，我们孜孜以求
欣喜于日积跬步，以至千里
纵有难以承受之重，也要
力挽逆水之舟。我们
在进与退之间挣扎

其实，进与退
方向而已
这世界被装饰得色彩斑斓
所有事物被眼睛焐热
然后便有了指向。我们不能
指鹿为马，但谁又不是
以马为马

谁还为你倾听

若是还没有足够尊崇
可以让人唯诺，那就不要

在这种场合谈兴正浓
你的往事，得意处，当年勇
没人在意
说些好听的吧，或者干脆
许以承诺

你的兴致一定会被一个
不着边际的话题岔开，试图
续上，还被岔开
倾听不能没有收益

那些神采飞扬的人

那些神采飞扬的人
是精力充沛的人
是语言天赋极好的人
是精于指挥，从不让局面
失控的人

那些神采飞扬的人
采撷旁人的心力，培植
自己的兴奋

求　证

把论点设定为选择式
费力求证，那人到底是不是
小人，这是一颗仁厚之心
才有的纠结

结论其实早就一目了然
是不是，你还不知吗
不肯说出，是因为
你有一种恐惧，一被证实
这世上，好人又
少了一个

偏安一隅

不再管那些烦心的事
也不管天上掉不掉馅饼
与我无关。请别谈论前程
不要用物欲诱惑我
我心静如水。从明天开始
制订作息表，早睡早起
保重身体。出门散步沿湖走走
早晨让露珠打湿裤管，傍晚

看夕阳把倒影拉长

可以读书，写回忆录

翻看从前的笔记，把故人往事

腹评一番

当然无怨被人忘记，就是要

偏安一隅

落　座

坐下来，并不容易

那个主位总是要空到最后

推让必不可少

该谁坐其实都清楚，该坐的人

自己也清楚，可是还不能

坐上去，没有一番拉扯

那可不行

千万别信那话，若真的

随便坐，这顿饭一定

从头到尾别扭

第四章

红尘故事

新　嫂

从花轿上走下来，她发现
一切都已改变
人们欢喜地称她新嫂
一路唢呐和隆重的礼仪
将她的少女时光悉数湮没
她还不能习惯，盘算着
回门到娘家，再找回点什么

新嫂是来当家的，满屋
都是她的身影。婆婆
把腰间的钥匙交给了她

田野的风清爽宜人，麦苗
已开始抽穗。风吹麦浪
是心底最柔软的起伏
路弯弯绕绕，交错而行
走起来需要分辨
当夜已深，满屋的事也已熨帖
天上繁星闪烁，洒落院内
它们是新嫂的旧识

老人与湖

老人独坐长条椅上，双手
扶定拐杖，望着眼前这片湖
他的脸色平静，没有悲欢
看不出喜乐。就像
湖水没有被风吹起波纹

湖边早已春暖花开，阳光
灿烂地照耀
湖鸟不避行人，肆意飞舞
从湖心飞到湖岸，飞到
可以落脚的地方。一只鸟
落到老人的条椅上，跳来跳去

一群孩童在湖道上嬉戏
他们来回了许多趟，不见
老人有任何变动。他们露出
好奇的眼神。老人会意
他报以的回应仍然难以察觉

老人就这样坐着。何时来
何时去，没人在意

老人坐成了湖边的风景

当有一天，老人

不再来了，是否会有人记得

湖边风景的些微变化

一朵零落尘埃的花

我们竟然以这种方式对话
每一句，你都赔着小心
察言观色揣摩每一个细节
一个意思不明的表示
让你扭捏不安，无所适从

不是最亲密的人吗？
难以想象；另一个场合
你是怎样的姿态，那么多
陌生的人，傲慢的人
还有蛮横霸道的人，难道
你要低到尘埃里去

不知生活给了你什么伤害
杯弓蛇影要有多少次的
恨别惊心

多么希望你仍然青春活泼
一如从前，娇气、任性
不可理喻也行

可是你选择卑微。卑微
有卑微的对应，比如一条
已无来水的河，总要
咧嘴呼喊，暴晒下的叶子
切切乞望一滴甘霖

我知道，没有了过去
美好和浪漫已不复存在
琴棋书画替代不了世俗奔走
而你终要淹于物欲。只是
那些一早寄予父亲体内
所谓的希望，该怎样收拾呢

谁又能说生活不是尘埃，我们
都会零落其中。若是一朵花
就留住自己的清香吧

相　逢

仔细想想，那些事我都记得
比如你门前的那棵树
你妆台边微风掀动的帘
当然还有你低头说的那些话

可是，那又怎样
你清晰的面容保存完好
竟在刹那丢失。等候多年的
这一相逢，让我茫然失措

见到一位旧友

多年不见的故交来访
虽感突然，但还是
一眼看出来了。神情仍是
当年的样子，话语间
有熟悉的腔调

握手寒暄，坐下来
彼此偷眼打量

感叹岁月沧桑，时光是
当之无愧的錾刻师，嗜好
一刻不停地舞弄錾刀
錾万物，乐此不疲

它亦偏好。不喜山川河流
不喜砾石草木，独喜
青春年少。花般脸
是最上质材，一朝到手
不肯放下

起身告别，他说：

"你变了很多。多保重!"
听得明白，那把錾刀
没有把我遗漏

其实我的内心充满感激

在家乡小城的街道上
遇见一位大爷，很远我就
认出了他，是我原来
单位的门卫。他也
认出了我。他没有迎上来
岔入旁边的巷口，不见了

刚工作那会儿我年轻赶潮流
留很长的头发
着花格衬衫、喇叭裤
他看不惯，针对我

上班过一分钟，他记我迟到
中途有事外出一下，他就
报告领导我早退
我没有好气色对他，忍不住
就争吵，有一次我把他
推到墙角，他躺倒床上好几天
直到我贴检讨才起来
我调走时，与所有人告别
他关着门没吭声

其实，我后来早就想通了
他是一个很好的大爷
我很庆幸他对我的管束
潜移默化，我是
受益者
我很想对他说，我的内心
充满感激

落子无悔

悔棋那人理由很充分，自己
一直占优，就差这一步
没注意。不算悔棋
他的对手不肯丝毫相让
按住棋子只说一句话：
落子无悔

悔棋那人把棋一抹：
这盘不算，再来
他的对手说：不算不来

悔棋那人把棋盘掀了
棋子滚落一地
他的对手神情淡定，弯腰
把棋子一枚一枚地捡起
嘴里宣告：我赢了哦

这是两个老街坊，每天
一碰面，他们就激将：
敢来一盘么
谁怕谁，巷战随即难免

满街的人知道他们下棋
满街的人不知道
他们的赢输

脾气暴躁的邻居

脾气越来越暴躁，责骂家人
成为他最好的佐酒菜
每一仰脖酒下肚，声音
就提高了分贝

四个女儿台阶一般。包揽了
全部活计，不能讨他好
总在吼叫中蹑足散出门外

当那个尚不齐桌高的儿子出现
情况有了不同
他立马闭嘴，抱起儿子亲昵
又自己掌嘴，不该吓着儿子

我看到了一种坚强

见到她时夜幕已垂
华灯初放，影影绰绰
她就贴在医院临街花坛的
黑漆栅栏上，双手紧攥
如果不是呜咽声，不会
有人注意，只是一团
攀附的藤状植物，身体颤动
不过风吹枝叶

我隔着栅栏招呼她，她以手背
拭泪，致歉
我问她要什么帮助，她说
没事，刚续完费站一会
她又解释说这儿很熟，陪女儿
住了很久
女儿面前不敢发愁，现在
一个人，哭一阵很舒坦

没敢再问她女儿的情况，我怕
胡乱出声会戳中某处
引发坍塌。她正扛着天

我知道坚强有很多表现

但我绝对想象不出，哭泣

竟然是一种

我能看懂她的眼神

除了我，或许没人注意
那位踩三轮车女人的眼神

她载满水果，正在爬坡
站起身踩踏板，用尽力气

一辆机动三轮车，突突突
轻松地从她身边超过

她索性停下，按住手刹
看着那车上坡，走远

她一直看着。那眼神
我能看懂

上周末我陪爱人去汽车市场
她想买台车，说了很久

我们举棋不定。旁边高档车区
一位女郎径直走上一辆豪车

又想起那柄折扇来，签人
看物时，新是没眼神

坐下吃饭

用膳时间。家人在饭厅
垂手而立，等候老爷到来

老爷居上首，落座后
有资格的男女，围坐两旁

女人像往常一样，端起碗
退到旁边

老爷止住她。指着椅子说：
以后你就坐这儿吃饭

女人不知何意。作为排名最后
的姨娘，站着吃饭十几年

老爷很开心，说：
快马来报，幺儿正榜第一

幺儿是女人和老爷的儿子
儿字辈最小一个

女人不勒所掉，奶终积铸
满美致，事樱顶汉

红尘故事

她不相信故事就此结束
相信一定有续集

于是，在这通衢之地
结酒肆，当垆卖酒

酒招飘扬。门前的客人
南来北往

太阳落下去了，又升起来
花谢又花开

风吹雨蚀，酒肆失去光泽
她的脸，也染上了风霜

她平静地忙里忙外
得闲就呆望一会儿远方

终于，一个不同的脚步
走进酒肆。她能感知

来人打听，可知媚娘
小二答不知

她的内心一阵狂喜，媚娘
是她的闺名。她知道谁来了

倚门，闭目，让心情平复
来人转身将去

她从后台走出，满脸欢欣
向堂下说，今天吃酒不付钱

堂下欢呼，小二惊诧
她解下腰间的钥匙

把钥匙递给小二的时候，她说
酒肆是你的了

这是故事的续集
广为流传

难以算出结果

早年一起考驾照的哥们
输棋不服气，不让走
激将说：
十元一盘，敢下吗？
谁怕谁!
棋盘铺开引众人围观
结果我连赢三盘。认赌服输
他付我八十元——没错

账是这么算的，第一盘十元
第二盘加码，二十元
到第三盘时他的眼睛有些发红
声音不容置疑：五十元!

考完驾照各奔东西，我没
再见过他。后来听说他做生意
赚了大钱

一些事开始让我发怔

我开始注意一些事，例如
曾经的旧识脸上拉长的皱纹
颧骨上出现的斑块
与他们交谈，我看得清楚
路遇步履蹒跚的老人
跟在后面，我想，那根拐杖
要支撑他到什么时候
小区里，已过中年的儿子
用轮椅推着父亲散步，我观察
他们父子要隔多久
才有一句对话

这些其实都是很常见的事
以前我熟视无睹
突然发现，现在有许多触动
我时常看着他们发怔

祝　福

她是新娘
着嫁衣，花枝插头
今天的主角

她就那样端坐着
脸色僵硬
脂粉没有掩住口眼歪斜
行走不便是后遗症

门前一样贴大红喜字
一样人来人往
父亲递烟，递糖，忙前忙后
母亲偷看女儿眼神复杂

接亲的队伍早来了
坐一旁喝茶，吃点心
新郎跷起二郎腿
偶尔扭头，催促时候不早

弟弟是姐姐才有的赐予
"过不下去你就回来"

这是他在大喜的日子

对姐姐说的祝福话

少年游（组诗）

乡　居

夕阳落下山坳，暮色
合拢，四野隐入黄昏
地头农人隔着田垄
招呼收工
乡间路上隐约响起
暮归的脚步

炊烟升起来，轻轻飘动
村与村扎起纽带
闻到晚餐新麦的香味
夹杂着果蔬的气息
瓠子，冬瓜，豆角？
分不出，全是大地的清新

听见鸡栖、犬吠，听见
远处母亲唤儿的悠长声调

喧闹在月亮升起后退去

月光皎白，山岭轮廓分明
村头有儿歌传来。那曲
清亮的笛，让夜彻底宁静

少年游

那时候天很高，需要仰望
蔚蓝的底色，可以长久地看
不刺眼。白云丝绸般滑动
图案变换，演绎着
神仙故事

池塘里的水清澈见底
鱼在游，触手可及
捉住却难，总从指间
扭身走脱。手并拢
掬一捧池水
喝下。透心甜

四野静谧，听得见
很远的声息
爷爷坐在堂前
吸水烟，凭脚步声
说出来人。让我钦佩不已

学堂早读的琅琅书声
清晰入耳。放学到家
爷爷问："又是你带读？
听到你的声音！"
很是赞许
我答："是！
读《吃水不忘挖井人》。"
很是自豪

锁君子

没想过门用铁做，家家户户
清一色木质。杉木为正
次之杂木。看出家境

门分两扇，倚户枢而立
转动开合切换着两个
不同的世界。一根木闩
从门里闩上
心就憩息在港湾
把门扣搭上，插支竹筷
离去了无挂碍。看到都懂
没人推门而入

有时，也会上一把

形单影只的锁
钥匙从不带走，放到
晾在窗台上的那只
布鞋里。是为十里乡俗

乡人老少咸知
锁这东西，不锁小人
只锁君子

姑婆不是五保户

前前后后的人都喊她
姑婆，老幼同声
名字肯定有，不叫也就忘了

姑婆头发已白，脸上布满皱纹
斜襟褂，折腰裤
长年不变旧时装束
脚裹得小，带给她诸多不便

一个人住在村口的屋里
门敞着，行人过往
都会进来坐一会儿，问声安
姑婆忙不迭招呼
满心欢喜沏一杯热茶

放学后我常在姑婆家
逗留得很晚。要家人来唤
姑婆进里屋，开木箱
拿出手帕包裹，层层打开
递一颗糖到我嘴。人多
她就咬碎，一人一块
手帕里还包着火柴
写着：安庆洋火。繁体字

公社建敬老院，生产队长
劝姑婆入住。姑婆不高兴
逢人说：我不是孤老！
我女儿都成家生子了
村里人听说，姑婆的远房亲戚
曾许诺过继女儿给她
见过的人不多

姑婆仍一个人住，仍
满心欢喜地为行人沏茶
我仍在放学后
去那里逗留，直到长大
离开村庄

姑婆去世，她的过继女儿

为她立了块墓碑
上面写着
高氏玉珍老孺人

乡愁都贴有年份

村前那条河，弯弯曲曲
通到芳湖。每临
雨季，雨噼里啪啦地下
河水涨起来，涨平了河沿
老人坐在一起，轮流
抽黄烟，脸露忧色
念叨：今年的水怕要超过
一九五四年了

雨没有歇意。河水漫出来
漫入田野，漫上道路
还在漫，漫到村前屋后
漫进各家各户。鱼在屋内游
老人说今年的水，真大
超过了一九五四年

这是一九八三年。后来
雨又噼里啪啦地下
老人坐在一起，念叨

今年的水怕要超过

一九八三年了

乡愁是贴有年份的

醇度都不一样

铁匠铺

炉火烧得彤红，风箱

呼哧呼哧地喘息

铁已熟透，夹到铁砧上

抡起锤，一下一下击打得

叮当有声，火花飞溅

一老一少师徒俩，一般模样

一般高大，一般地光着

膀子，露出块块凸起的

肌肉，古铜色

师傅，亦是父亲

抡小锤，击打又细敲

徒弟抡大锤，砸下

有万斤力

我们倚在铁匠铺门外

看得出神，不离开

师傅瞟来一眼，无话
徒弟咧嘴欢笑，哇哇有声
听不出说什么。他是哑子

歇晌的时候，我们
走进铺内，试着提那柄
大锤，试着
擂哑子的胸肌。哑子
兴高采烈，弯起手臂
吊起一串人，秋千一样甩动

师母从里屋出来，叹息
"我们死了，看你怎么办！"
师傅手拿长长的竹烟棒
就着炉火抽烟
头没抬，平静地说：
一条蛇一条路

回乡记 (组诗)

回乡的路

出城，上杭瑞高速，转入
沿江高速，出收费站
经国道、省道、县乡公路
在一难察的路口，缓缓
拐进，穿行一段被房屋
挤压的村道，至终点

这是回乡的路程，越走越窄
好比一支败军
节节败退

记忆中的河

小河弯弯曲曲，从远处流来
向远处流去。河水总是
不紧不慢，平缓得让人想起
一位温柔的姑娘
小河从不寂寞，青的草艳的花

依时交替，有鱼自在游弋

让人陶醉的情景，总在
闭目之时浮现。走下车来
让人窒息，放眼望
世界已经零碎

没有河了。房屋遮挡住一切
淤泥齐到河沿，枯木瓦砾
丢落河道，塑料纸在风中呻吟
清澈的河水在遥远的记忆中

终被撤并的学校

创于民国，热议过五四运动
教的是新文化
祠堂里一名教师、五名学生
坚信，自己的学校
关联家国天下

自然要生生不息。从祠堂
搬进草棚，从草棚搬进瓦屋
学校像冬天雪地里滚动的雪球

到我上学时，学校遍插红旗

名冠全县村小。上课在
亮堂的教室，放学齐集操场
列队听校长训话

有撤并传闻。因为那段记忆
一再例外。可是沧桑已经注定
城市化容不下一村一校

现在，我就站在这所学校前
虚掩的门一推即开，满院衰草
寂寞地飘摇，瓦砾间
生出细碎的白花

时间的俘虏

闻说回乡，那些旧时伙伴
循声而来

笑容仍然真诚，只不见了
灿烂，脸上的光泽已被覆盖
皱纹被笑意拉长

话语平实，不必虚情客套
都是心底直露，但表达起来
却没有从前的利索

告辞也是迟缓，站起的身板
不再挺直，看得出佝偻
一个一个鱼贯而出，终发现
这就是一群俘虏

是啊，谁又能逃过岁月的围捕
我们都是时间的俘虏

夏天那些远去的时光（组诗）

放假了

暑假的快乐是从一张成绩单
开始的。满栏的高分
和老师的赞语，让爷爷
啧啧称奇，我也不免扬扬得意
奖状的颜色大红鲜艳
格外显眼，爷爷贴它在
进门就见的墙上
一个夏天
有了来人就赞的话题

突击战

坐下来，把作业铺开
白天黑夜连着转
谁邀也不应。不过是想
打一场突击战
卸下包袱，让飞奔没有羁绊

邻家大叔大赞，拉来儿子
指以为训：看看人家！
小心思自然不能暴露
沾沾自喜时还是有些发虚
毕竟，目的不那么高尚

战斗结束。作业一本一本
收好，装进书包
不再提了
门外骄阳似火，蝉在树梢
放声鸣唱。一身轻松
有怎样地畅快

过把瘾

一辆永久自行车，靠墙放在
村部门口，乡里来的干部
坐屋内，摇着蒲扇
讲话

我们四五个，唧唧歪歪
趴窗台上不是看热闹
是打掩护。手脚灵巧的那个
蹲下来，用一根细铁丝
开自行车锁

咔嚓一声轻响，知道得手
一个一个低头退出
簇拥着自行车，跑远
空旷的学校操场，烈日炎炎
我们争着上阵
过一把自行车瘾
循声赶来的村会计
怒气冲冲地吼叫。撒手把车
推给他，趁他手忙脚乱
我们一哄而散

热水澡

太阳还没落，倘是半午时光
急不可耐地下到水里
让浑身燥热退去。没想
池塘并不是个凉爽的地方
整日暴晒，池水也是热情高涨
我们更像泡热水澡

先是三二人，站水中
合掌拍水雷，闷响的声音
传到很远。小伙伴闻声而来
池塘热闹起来

水性算不上好，不敢游远
都是挤在浅水的地方，狗爬
脚下泥渣泛起，一片混沌

回家时，身上水迹已干
泥迹可见。爷爷
提来一桶清澈的井水
从头淋下。晚风刚好吹过
一阵清凉

瓜田李下

果园没有围墙，只在一些路口
用竹木、荆条扎起篱笆
以防君子
村里人懂瓜田李下，每到
瓜熟蒂落，绕道而行

我们挡不住飘香的诱惑
一些熟路的伙伴围一起撺掇：
篱笆没什么用，随便进
听得人豪气大涨。正午时分
我们扒开荆条，鱼贯而入

看园的大爷洞若观火，早已
守候一旁。大爷堵住入口
不让我们跑掉。他的语气不算
严厉：别跑，瞎跑摔断腿
好一顿教训后，我们被大爷
一个一个点名离开

吃冰棍

邻村四毛卖冰棍，自行车
驮个棉被包裹的木箱
走村串户。差不多
每天同一时候，到我们村口
停在树荫下歇息
我们也在等他。毕竟大热天
围着一箱冰棍看热闹
也算美事。都知道
自己口袋里掏不出半分钱
但还是指望有谁阔气
可以买一根，然后有福同享
分吃一口

终究是凑不齐这钱。有人
央求赊个账。四毛不肯

自忖与四毛同桌，常年给他
作业抄，关系不一般
我说：就赊一根，开学还你钱

四毛扭捏半天，极不情愿地
打开了木箱。一根冰棍
传着吃，可消暑热

摆擂台

朝北的后门口是上午
聚集的地方。太阳一出来
径往南边而去，这里
全是阴凉

搬一张竹床靠屋檐放下
摆上军棋，就是一个擂台
伙伴们轮番上场，对垒围观
不亦乐乎。胜留
负下，再换他人

规则很明，可是胜负难定
没有一个人服气。偷吃不算
悔棋不算，观棋说话不算
赢输都是争吵。干脆

两人都蹲下

争吵是一种快乐，全不理
那暑热。当正午临近
阴凉挤成一线，太阳照到
背脊上，泛出油光
擂台收场

秋风起

北边的后门口吹过一阵轻风
风中没了前门的火热
我知道，暑假要结束了

爷爷说：嬉足了吧
书都还给老师了！

我没吱声，翻出书包
拍干净上面的灰尘

当然有些失落，但想到
重回校园，我又
充满期待

第五章

草　垛

一个草垛是孤独的，两个
也是。散落在旷野
草垛都是孤独的
秋风在收割后的稻田里呼喊
除了草垛，它找不到旧识
而草垛不应
草垛的孤独早已注定，经历
春种夏长之后，到秋收
垂首把金色稻穗献出
它没有话要说了
赞美归仓
现在，就这样等到深冬来临
再被拆散取走
各取所需，为穷人取暖
作牛的食料，或者引火烧身
化成灰烬给稻田增肥

稻草人

颗粒归仓。空旷的田野里
稻草人正在老去，一身光泽
都给了稻穗，身体灰暗得
剩下影子，戎装被秋风撕碎
挥舞战旗的手，垂下

鸟儿又飞了回来，就落在
他的肩上歇息。他
闭上眼，大气不出

不想再吓着它们了，过去的
名头不提也罢。但田间
总有喜不自禁的歌唱，还要
将鸟儿四散惊飞

贝壳山

这不是你该来的地方
虽然被拥成高山——
一万年的沧海桑田之路
你就不后悔叹息？

亦可在挤压隆起之时
随海水原路返回
往另一个海底，再次过上
平静的生活，繁衍生息
可是没有。在喷发激烈的
那一刻，毅然选择留在最高处

没有了海水的滋养，沙漠
和狂吹的朔风，沥干你体内
最后一滴水。化石，化——石
你终不肯，一改初始模样
虽然弱小得没有身躯
看不见面孔
就这样耸立，任日月经天
一次次飞沙走石，不用数
时间是一个说说而已的标记

带不走坚守

很想知道这到底为了什么
为了又一次的轮回？
终是不语
一任无尽仰视立于山下

庞然大物

因为我们不懂蚁语，不然
当蚂蚁爬上我们的脚趾时
会听到它们的惊喊：这是一个
怎样的庞然大物？

那些即将死去的雄蜂交媾之后
或许会集在一起谈论，人类
怎么以年计算生命，而且可以
计到一百年，交媾无节制

所有的动物面对人类的猎枪
只能惊恐膜拜

不要小看了自己，其实我们
正被弱小的物种钦羡不已
同理可证，不要高看了自己
有更大的庞然大物
攥你在手，看你跳跃

倔　强

湖上的栈道跟谁生气呢
雨唰唰地淋在身上
就是不肯，吭一声

寂　寞

鸟儿落到湖边的长椅上
跳来跳去
躺上面的一片黄叶
想打个招呼，起了几次身

陀　螺

1

一个支点
承载生命之重
你让人看到旋转的力量

2

不能迈出半步
但仍然执着
立定原地也要转出辉煌

3

忍受鞭打
只为站稳脚跟
飞旋的人生从不轻松

4

当少了鞭策

感受舒适

精彩也就结束了

陀　螺（二）

1

用一个支点
撑起全部重量
你这一生注定无法停歇

2

竭尽所能地飞转
赢得喝彩
你的辉煌迈不开半步

3

想站稳脚跟
就要忍受鞭打
硬扛是你逃脱不了的宿命

4

当鞭打停止
精彩也就烟消云散
你终于歪倒在执鞭人脚下

鞭　炮

1

一层一层卷好，居于一隅
不是安静，是积蓄力量
等一个爆发的机会

2

隐忍不发时，被
小心侍候，一旦爆发
将被甩得很远

3

不管能量多大，需要
一个火星，否则
就一直沉寂

4

当轰轰烈烈时，有人
欢呼喝彩，有人
掩耳护面避之不及

5

同样的声响，赋予不同的
情感，有时欢天喜地
有时呼天抢地

6

沉默，可保完好无损
若求一鸣惊人，难免
粉身碎骨

7

是火，让你轰轰烈烈
同样是火，让你
化为灰烬

8

无论怎样倾尽全力，都是
一时之事，热闹
终将归于沉寂

竹　子

一棵制成了短笛，一棵
被一节一节地削成
锋利的竹尖，密布陷阱之中

在有月亮的夜晚，笛声
悠扬地响起。后山
传来野兽的哀鸣

恶 犬

一副凶狠的架势

龇牙，咧嘴

喉管里发出呼呼吼叫

横冲过来

我没有退让，抽出一根

早就备好的木棒

对准它的面门

它已收势不住，急速扭身

双爪从我脚边滑过

地面上划出两道深痕

喉管里的吼叫压抑成了哀鸣

经　验

从村口经过，总胆寒那条
卧在路中的恶狗
见人露凶相，龇牙咧嘴
追着咬

试图笼络它，扔给它一些
骨刺、薯皮之类
可是不管用，转脸不认账

只好偷着过，先小心蹑足
待到接近憋劲跑
还是常常被咬破裤管

爷爷说：狗咬不能跑
要站立不动，狠一跺脚
它就不敢了

我半信半疑，壮胆
试了一回，还真管用
它冲过来时险些收势不住
后来屡试不爽

方法论

走路，慢点

说话，慢点

看见官长，起身也可

慢点

年过半百，方法

换一换

炊　烟

炊烟是一炷点在原野上的
迷香，让一个异乡人
失魂落魄

它的杀伤力在于它的味道
新麦的气息让人着迷
在于它的声音，亲人唤归
将暮色愈唤愈浓

故乡也就有了模样，轻缓地
升腾

我也因而去到云端，轻缓地
飘来，飘去

读《聊斋》

确信，当年寄宿过般若寺
我就是灯下夜读那书生
墙头的眼，分明穿透了窗棂
只是捉摸不定飘忽的身形
若娇声叫喊姓名，我会
迫不及待答应。勾魂摄魄不惜

当然是灵狐，荒郊野外
想也想得到。千年修行
已炼就怎样的风情，群玉山外
这世上就没有这份水灵
怕十年寒窗分量太轻
载不动一段艳丽传闻

故事继续。轻缓的脚步移来
柔软婀娜的身姿，衣衫
薄如蝉翼，滑落
直滑落到温柔乡里
狐媚悬在叶尖上，就要滴下

剧情生生掐断。来了燕赤霞

一把桃木剑又钝又笨，对付不了
魔力法王，专对付柔弱女子。
背上的皮囊，怎忍心收人家几世道行
就不能，成狐之美

方寸已乱，不肯再翻结局
捶胸顿足：那只狐关你何事
你只管做你的豪侠，行走江湖
算了，把后页撕去
明日黄昏去郊外，遇一只狐
然后续写
就怕，如今这世道，已没有狐了

读《水浒》

十字坡飘酒帘的屋内
坐定，唤小二
一壶热酒，两斤卤牛肉
知蒙汗药偏要中招。引风韵徐娘
娇呼：倒也，倒也
一翻身扣住命门，揽入怀抱
醋钵般拳头打出，有怎样力度
街头泼皮呼拥身后，屁颠
咳，这不是书生的世界，别枉自神往

安家在通衢之地，让说走就走的
江湖好汉往来歇脚
义字挂正门，全不管落魄时
喝下那碗酒就关生死，要剁头换颈
疏尽家财何足道
就怕赚不来一个江湖传颂

不平事总惹英雄一声吼
让后人茶余饭后恩仇快意
在镇关西脸上开个油酱铺
拧下西门大官人的头

山神庙烈火映出惊怖的脸

鸳鸯楼溅满血，一片狼藉

江湖有规则：该出手时就出手

故事终由小人写成

黄文炳不比高俅，蔡京

唯阴毒奸险不输

正是他合着阎婆惜

成就梁山大名

一群从龙虎山走脱的煞星

等来了一场及时雨

《水浒》断想

1

一次次，把书翻破
没弄明白
那个矮胖黑脸宋押司
有甚能耐。一群
从龙虎山走脱的煞星
拱手而立，要他坐第一把交椅
就因有个外号：及时雨？

2

一只肉拳打出，力度多大
书生不知
试试也想象不出怎样
在脸上开油酱铺，把食人大虫打趴
让街头泼皮簇拥身后
但是，任你打
打不出一个朗朗世界。书生知

3

蒙汗药是个好东西，可以
助成大事。下酒里，摇匀喝下
一切归你了
只是这招有点阴，下不了手
唉，书生！
对付恶人不用点诡计行吗
明日找一些，备作后用

4

梁山的人原本没想上梁山
做个员外郎、富家翁多优裕
过温饱日子很不错
即便闲汉倒也快活
无奈人家不肯。非你
走投无路，他不可以满足
梁山，是逼上去的

5

小人不会成人之美，但可
成人大事

黄文炳不比高俅蔡京，唯

阴毒奸险不输

非他合着阎婆惜

难有梁山大名

忠义堂少了替天行道的呼保义

谈　话

空谷水声，无关水量
云雾里的路，没有边际
想说什么，我知了

不必说梅林，早没了欣喜
不必作那些唬人的假设
多年过去，不止一次
嗤笑过杞人之忧

很想提醒一下，谈话
不比接吻，不可错乱对象

人前气使当然好，但
纳履而去是件尴尬的事
就怕更尴尬的事发生

裁判员

擂台上那两名粗蛮大汉
怒吼着倾力相搏
却甘愿听命于他的吆喝
瘦弱得多的手一挥，开打
嘿一声就得停
球场也是，彪悍的队员
奔跑抢夺得不可开交，哨声
响起，立马泄气
红牌亮出来，有人就要
乖乖下场

想想也真是，强大又能
怎样呢，一身功夫
还不都要俯耳听命，任其
肆意裁决。而他更有惬意处：
你永远拼死拼活，他永远
置身事外
当名裁判员真是一个
不错的选择

红　毯

小区门口酒楼开张，响过的
花炮彩纸，红红绿绿
铺了一地，花篮摆放两边
礼仪小姐靓丽乱眼

经过时，感觉像是
走在电影节的红毯上
有挥手致意的冲动

与明星不同，我走红毯
容易很多。同一地段
今年我已走过两次

诗　人

我没有立志做个诗人
不停地写，只是想
抽出体内的丝，织成锦
掩饰一下世间的苍白
或者，直接把丝煮透
编成柔韧的鞭子
打恶人的七寸
这样，世界可以很美

天气预报

不过是一个笑话，说得
煞有介事而已
谁还能算计老天，听过
多少年：天有不测风云
已成智者度人的偈语

昨晚说得好好，我们远行
一早却被堵在室内
瓢泼大雨，落地成烟
到下午太阳出来，高挂西天
山峦青翠欲滴。还要
预报什么吗，除了感叹
还是感叹

都是阴与晴、再捎带上
圆与缺的交替
我们要适应风云变幻，适应
大风起兮黑云压城，以一种
更好的心情，接受每一次
被毁掉的约定
总会有一些弥补，比如

从用为后的修剪，无地放松，

阳光和雨露

参观一座旧县衙（组诗）

鸣冤鼓

标配的仪仗立于入口
举槌，踮脚，咚咚作响
不只县令大人
满街都能听到。驻足观看
或者，到堂听审

比起那种悄然而入，或许
要好很多，看到了
就难暗箱操作。只是
那鼓声时时响起，惯听后
又有谁去管它

明镜高悬

金字招牌，高挂正堂之上
配一幅海日升腾图
倒也威风凛凛，看着有
几分正气

当然是缺什么补什么
怕人家不信，把话说明
立起来，懒得与你扯
抬头你就得认
不认也得认

水火棍

一人多高，手腕般粗壮
靠在那儿歇息
但暴烈无法掩饰。哪次不是
先在地上躁动，然后
寻个屁股，打他个皮开肉绽

被漆成了两半，一半红色
一半黑色，名曰水火
自然是水火无情。只是
它亦无理：民错了，官打
官错了，打民

惊堂木

一手大，正好一把抓住
趴卧在公案之上，看起来

很平静，如饱饭之后
打盹，晒太阳

千万别大意，它就是
一只猛虎，醒来定要
咆哮如雷，那句话让人
胆战心惊：
吠，大胆刁民，速速从实招来

签　批

不再是长在山间无心的竹片
插在签筒里，一旁
摆上案卷，它就不会安分

一个极度危险的动作，没有
比这可怕的了，抽出来
扔到地上
许多人就会方式各异地死去
来不及选择，来不及
喊叫一声手下留情

图书在版编目（CIP）数据

万物美好 / 徐敏著. -- 武汉：长江文艺出版社，
2023.10
　　ISBN 978-7-5702-3271-0

　　Ⅰ. ①万… Ⅱ. ①徐… Ⅲ. ①诗集－中国－当代
Ⅳ. ①I227

　　中国国家版本馆 CIP 数据核字（2023）第 139358 号

万物美好
WAN WU MEI HAO

责任编辑：谈 骁　　　　　　　　责任校对：毛季慧

封面设计：璞 闾　　　　　　　　责任印制：邱 莉　　王光兴

出版：长江出版传媒｜长江文艺出版社

地址：武汉市雄楚大街 268 号　　　邮编：430070
发行：长江文艺出版社
http://www.cjlap.com
印刷：湖北恒泰印务有限公司

开本：880 毫米×1230 毫米　　1/32　　　印张：7.875
版次：2023 年 10 月第 1 版　　　　　2023 年 10 月第 1 次印刷
行数：4580 行

定价：58.00 元